나의 노래는
그대에게 가는 길입니다

나의 노래는
그대에게 가는 길입니다

싱어송라이터 박강수_ from Madagascar

한티재

솔직함이 주는 당당함

여행을 한다는 것은 스스로를 돌아보는 시간을 갖는 것이라 생각한다. 여행이 주는 의미들을 애써 떠올리지 않는다 해도 이제 우리 일상생활에서 여행은 떼려야 뗄 수 없을 만큼 밀접한 연관을 갖고 있다. 거리에 나가보면 사람들의 손에 액세서리처럼 들려 있는 카메라를 쉽게 볼 수 있는 시대가 됐다.

이번에 책을 출간하는 박강수는 요즘 보기 드문 실력 있는 싱어송라이터다. 내가 처음 박강수를 알게 된 것은 우연히 들른 교보문고 음반 매장에서였다. 흘러나오는 낯선 노래에 심취해 그 자리를 떠나지 못하고 30분가량 노래를 들었다. 나에겐 너무나 낯선 노래였지만 아주 경쾌하고 꾸밈없는 목소리에 반해 덥석 그의 음반을 구입했다. 모처럼 좋은 가수를 알게 됐다는 생각에 얼마나 행복했는지 모른다. 한동안 차 안에서 박강수의 노래에 취한 채 살았고 지금 운영하는 갤러리 카페에서도 박강수의 노래는 많은 사람에게 인기 있는 앨범이 되었다.

박강수는 노래만 하는 가수가 아니다. 그는 노래를 스스로 만들고 부르는 뮤지션이다. 그가 만든 노래의 가사들은 한결같이 그의 목소리처럼 간결하고 깔끔하다. 어쩌면 그런 메시지들을 통해 그는 "나의 노래는 그대에게 가는 길입니다"를 실천하려는 것은 아닌지 모르겠다.

처음 박강수의 노래를 방송이 아닌 실제로 듣게 된 것은 마다가스카르의 수도 안타나나리보에서였다. 현지 음악인들과 어울려 작은 음악회를 준비했는데, 사실 박강수의 노래를 듣고 싶어 다섯 번째 마다가스카르 여행에 그와 함께하고자 했다. 내가 가장 좋아하는 가수의 음악을 옆에서 들을 수 있다는 그 자체만으로 나를 들뜨게 했던 그날 밤은 나에겐 행복 그 자체였다. 그는 컨디션이 좋지 않다고 했지만 노래를 듣는 사람들은 그가 부르는 아름다운 노래에 취한 채 맘껏 행복을 느끼기에 충분했다. 그 이후로 마다가스카르의 오지 마을인 칭기의 식당에서 밤하늘의 별을 헤며 노래를 함께 부르던 시간이 그립다. 우리 일행만이 아니라 노래에 취해 열렬히 박수를 보내던 외국인들의 들뜬 모습이 아직 눈에 선하다.

박강수의 노래는 그가 추구하는 삶을 닮아 있다. 그가 그토록 보고 싶었던 마다가스카르의 아이들과 바오밥나무의 신비로움 앞에서 흘리던 그 순수한 눈물을 나는 기억한다. 여행을 하면서 그토록 행복에 겨워하는 사람을 본다는 것 자체가 나에겐 행운이다.

이 책은 가수 박강수의 눈으로 본 마다가스카르의 이야기를 담고 있다. 카메라를 손에 든 지 얼마 되지 않은 초보 사진가지만 그가 보는 마다가스카르의 아이들과 그 사람들이 품고 있는 자연을 솔직하게 담았다. 세상에 솔직함만큼 당당한 것이 또 있을까? 박강수는 사람들에게 무엇을 보여 주고 싶은 것일까? 그가 사람들에게 보여 주려는 것을 나도 보여 주고 싶은 것인지 모르겠다.

- 신미식

책을 내면서

오래 고민하지 않았습니다.
진심은 통하는 것이므로
그리고 솔직해지는 것은 내가 아주 잘하는 일이었기에.
마다가스카르 여행은 너무나 들려주고 싶었던 이야기라
글이 되고 노래가 되는 작업이 즐거웠습니다.

그렇게 따뜻한 사람들은
아름다운 미소를 기억 속에만 담고 있기 아쉬워
자꾸만 수다스러워지는 나에게
이정표가 되어 주었습니다.

매일 저녁 활활 타오르던 타나의 노을을 잊지 못합니다.
우뚝 솟은 수천 년 나이테를 간직한 바오밥나무의 이야기도
꼭 들려주고 싶은 노래가 되었습니다.

빛나는 눈동자를 가진 아이들의 모습과 이야기는 더 그렇지요.
그대와 함께라면 이제 어디라도 좋습니다.
글이 되어도 좋고
노래가 되어도 좋습니다.

그대와 함께라면.

- 박강수

여행은 또 다른 나를 만나는 여정

"나는 내가 제일 잘 알아!"
그러나 나는 나에 대해 잘 알지 못했다.
마다가스카르 여행을 나서며 처음으로 DSLR 카메라를 사고
어설프게, 흔들리는 손가락으로 수없이 셔터를 눌렀다.
점점 검지에 힘이 붙기 시작하고 흔들림 없는 안정적인 자세도 몸에 배기 시작했다.
카메라는 또 하나의 눈이라 했던가.
담고 싶은 사람들과 풍경이 선명해지면 셔터를 눌렀다.
보이는 것과 담고 싶은 건 달랐다.
그곳에서 작은 프레임 안에 고이 담은 이야기와 풍경을 혼자만 간직하고 싶지 않다.
보여 주고 싶고, 들려주고 싶다.
내 삶의 가장 큰 선물이요, 즐거움이요, 기억들이기에.
휴대전화가 터지지 않아도 괘념치 않았다. 딱히 궁금한 소식도 없었다.
비포장도로에 흙먼지가 날려도 눈과 코와 입을 틀어막지 않았다.
뜨거운 폭염도 좋았다. 아프리카였으니까.
중요한 것이 중요한 것이 아니었다.
그렇게 매달렸던 것들의 가치를 덜어냈다.
무겁게 짓누르던 생각들이 가벼워지기 시작한 첫날부터
나는 내가 아니었다. 이미 내가 알던 내가 아닌 내가 된 그곳에서는
길었던 하루하루가 너무 짧았다.
그렇게 시간 가는 줄, 날이 가는 줄 모르고 담아낸 이야기들.
여행은 누군가의 특권이 아니라 선택이라는 사실을
큰 깨달음으로 알게 해 준 마다가스카르.

안타나나리보

대도시 풍경 중 가장 인상적인 건
황토색 비포장도로와 잘 어우러지는 붉은 벽돌로 쌓은 건물들이다.
계절이 그랬을까.
보랏빛으로 꽃들이 만개했다는 의미의 '사카란다' 라는 이름을 가진 호수.
멋스러운 호수 주변 나무들이 지구 반대편 여행을 실감하게 한다.
기후 덕분에 삼모작으로 농사를 짓지만
물이 부족하니 수확은 그리 많지 않을 것이다.
어른, 아이 할 것 없이 벽돌을 만들고 굽느라 한창이다.
5층, 머물던 숙소에서 내려다본 풍경이다.

남매

어쩜 저렇게 눈이 예쁠까.
오빠 손 잡고 나서는 등굣길인가 보다.
아이들이 학교에 가는 일이 당연해 보이지만
정작 이곳에선 학교에 갈 수 있는 아이가 많지 않다.
참으로 안타까운 이 나라의 현실이다.
그래서 학교에 가는 일은 감사할 일이고,
변화의 씨앗을 심는 일이다.
누구에게나 주어지는 기회와 행복이
모두에게 차별 없이 두루 비추는 공평한 햇살처럼
이 아이들의 미래를 비추길.

밍그루를 만나다

마다가스카르 여행 내내 가이드를 해 준 나이보의 딸이다.
신미식 작가의 책 속에 있던 그 소녀.
유명인이라도 만난 듯 반갑고 신기하다.
아빠의 직업 탓에 경계가 없어 그런지
관광객들에게 잘 안기기도 하고 잘 웃기도 한다.
밍그루는 동행했던 모두에게 인기 짱.
곱슬머리 밍그루는 카메라 앞에서 쉴 틈 없이 포즈를 취한다.
영어가 유창한 아빠 나이보는 법 공부를 마치고 변호사가 되었지만
지금은 가이드를 할 수밖에 없는 현실에 최선을 다하는 듯 보인다.
그의 희망은 밍그루겠지.
공부가 쓰임 받을 수 있는 다음 세대.
그 현실을 기대하고 기다리며 수고를 더하는
나이보의 사랑.

이국적인 느낌

여행에서 가장 큰 어려움은 언어장벽.
그러나 세계 어느 곳에서든 통용되는 바디랭귀지가 있다.
서로 다른 피부색도 처음 며칠은 생경하더니 금세 익숙해지고
문화와 음식에서 느껴지던 낯설고 어색한 순간도
새로운 느낌으로 변한다.
새로움에 익숙해질 때쯤이면 돌아오는 비행기에 앉아 있겠지.

이글거리는 뜨거운 열기가 눈에 선명하게 보일 만큼 더운 기후.
맨발에 어느 나라에서 건너온 구호품인지 모를 털옷을 입고
더위를 무심히 대하는 사람들을 볼 때마다 숨이 턱턱 막힌다.
사계절의 감사가 절로 일어나기도 하고
무심했던 내 삶의 풍요가 새삼 실감 나기도 하는
나의 여행.

무감(無感)

시간의 속도.
시계를 보는 일이 줄었다.
일행을 따라 수동적인 날들을 지나고 있다.
맞추어야 하고 지켜야 하는 시간에서 벗어나
그저 따라다니는 경로가 좋다.
내 시계와 몇 시간씩 차이가 나는 길목의 시계들은
멋스러운 인테리어 소품인 듯 보인다.
공항이 아니고서는 거의 시간을 확인하지 않고
배고픔을 알리는 신호에만 의식을 깨운 날들.
그저 본능과 함께 자연스럽게 지나는 하루하루.

방콕에서 마다항공으로 갈아타는 중.

아름다운 사람들

돈으로는 살 수 없는 풍요가 있다.
성형으로는 흉내 낼 수 없는 아름다운 속눈썹 그리고 눈동자,
검은빛 피부가 햇빛에 반짝거린다.
빛이 난다.
아이들의 손을 잡으면 어찌나 매끄러운지.
인연인 듯 우연인 듯 지나쳤을 뿐인데
자꾸만 떠오르고 아직도 그리운 사람들.
폴라로이드 사진 속의 자기 얼굴을 보며
어찌나 천진난만한 표정을 짓던지.
그 맑음이 투명한 유리같아 보여.
메르시(merci).
미소와 함께 고맙다는 인사를 건네는 아름다운 사람들.

함께 노래하는 즐거움

교감.

말하지 않아도 통하는 감성, 음악.

음악은 그렇게 처음 만난 서로에게 공감을 불러일으켰다.

그냥 통했다.

아마도 축가였으리라

가이드인 나이보 부부의 노래는.

말라가시어로 불러 내용은 몰라도 흥겹고 신이 났다.

물론 나도 답가를 했다.

알아들을 수 없었겠지만 신나하고 신기해했다.

나이보는 전통악기 발리하(Valiha)를 다루는 솜씨가 프로였다.

음반까지 녹음해 소장하고 있다니 그는 취미를 넘어선 프로연주자이다.

내 음악에도 더하고 싶은 소리, 발리하!

평범한 그러나 멋스러운

한국에서는 대형 카페에서나 볼 수 있을 법한 엔틱카.
외국 차량 번호판도 인테리어 소품으로 많이들 사용하던데.
거리가 온통 그런 소품으로 가득하다.
멋스러운 풍경.
어느새 마음 한구석에서 슬그머니 일어나는
차 한 대 실어 오고픈 유치한 충동.
두고두고 무대 소품으로 쓰면 대박일 텐데.

궁금한 시선, 마음

맨발의 아이와 엄마의 걸음이 더디다.
낯선 사람들의 등장이 머뭇거리게 했을 것이고
호기심을 불러일으켰으리라.
1980년대 우리 엄마도 저렇게 볏단을 머리에 이셨다.
더러는 산에 나무하러 갔다가 내려오는 길에 한 짐 뗄감을 이기도 했는데.
순간 겹치는 내 유년의 기억이 동질감을 느끼게 한다.
비슷한 삶의 이야기.
그나저나 저 도로 너무 뜨거운데.
신발이라도 좀 신겨야 할 텐데.
내 눈길이 괜한 동정으로 비칠까 봐
애써 웃는 미안한 마음.

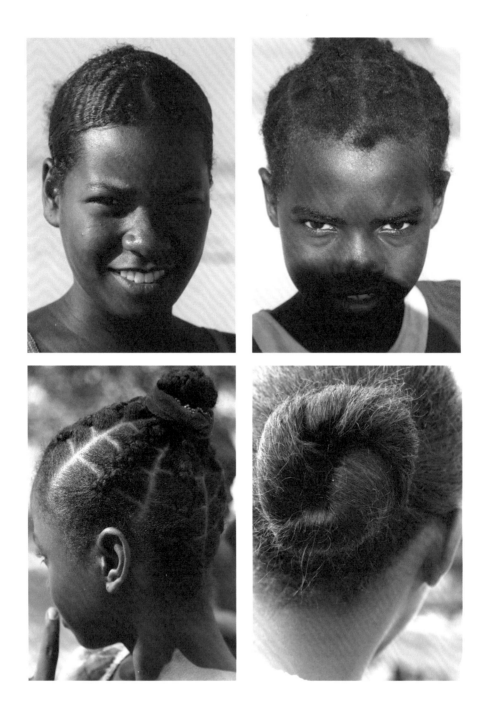

헤어아트

여인들의 손길,
그 손끝에서 헤어아트가 시작된다.
뜨거운 한낮 그늘에 모여
어른들이 여자아이들의 머리를 땋고 묶는 게 일상이다.
헤어숍에서나 가능할법한 스타일 연출이 전문가 수준이다.
곱슬머리가 두피로 파고들지 않도록 단단히 묶은 모습을 자주 본다.
매일 머리를 감는 것 같긴 않고 잘 흐트러지지도 않는 듯하다.
여자아이들은 긴 생머리인 나를 보면
호기심에 내 머릿결을 만져 보려고 손부터 내민다.
만져도 되는지 웃으며 묻는다.
머리를 만지게 해 주면 신기해한다.
그래서 스트레이트 펌을 하겠지.
찰랑거리는 머릿결을 갖고 싶어서.
내가 보기엔 풍성하고 멋지기만 한데
내 생각과 달리 아이들은 매끈한 머릿결을 바란다.
우리는 비싼 돈 들여 레게머리를 연출하고
일부러 타기 직전의 머릿결로 펑크스타일을 연출하기도 하는데.
갖지 못한 것을 향한 로망,
욕망이리라.
내게 없는 것이 더 탐나는 이치.

무심

불러도, 만져도 대답 없는 고양이
멀리서 보니 마치 인형처럼 꿈쩍 않고 있다.
카운터에 있는 주인보다 고양이의 자세가 더 자연스럽다.
시차가 다른 시간을 가리키는 시계.
벌써 한국의 시간을 잊고 지낸 지 며칠째다.
휴대전화도 시계도 들여다보지 않은 지 며칠이 지났다.
하나도 궁금하지 않다.
이틀 걸려 도착한 안타나나리보의 숙소 리바토호텔(Livato Hotel) 로비이다.
능청스럽게 눈길만 오갈 뿐 졸고 있는 눈치다.
한가롭고 평화롭다.
자연스럽다.

멋

아프리카에는 커피가 흔하다.

에스프레소에 가깝지만 커피머신에서 스팀으로 내리는 것과는 또 다르다.

오랜 시간 달이고 정제한 걸쭉한 농도의 커피탕 같달까?

마치 쌍화탕처럼.

머그잔에 빈티지 분위기가 물씬 풍긴다.

그래도 녹이 난 컵은 안 되는데 싶지만

그녀의 모자며 눈빛, 스카프,

어느 것 하나 멋스럽지 않은 게 없다.

딱 빈티지 스타일

영화에서 보았던 이국적인 분위기다.

폴라로이드 사진 한 장에 그 모습을 담아 건네니 너무 좋아한다.

인화된 자기의 낯선 모습을 바라본다.

신기한 듯 눈길을 떼지 못한다.

연출한 멋도 멋있지만

자연스러운 삶에서 우러난 멋은 절대 따라 할 수 없다.

2007년 10월 전과 후

마다가스카르에 다녀온 기억으로 가득한 일상.
그리움의 병을 조금이나마 달래 줄 백신으로 담아온 사진이다.
우뚝 선
바오밥 나무.
모론다바 거리의 노을도 두고 오기 싫은 풍경이었다.
수천 년에 걸친 지각변동으로 조개화석이 박힌 사암으로 이뤄진
고산지대 칭기의 시원한 바람이 아직도 부는 듯하다.
바다가 산으로 우뚝 솟은 세계자연유산이다.
지정된 경로를 따라 부지런히 오르느라 숨은 턱까지 차고
아무 생각도 끼어들 틈이 없던 무아지경.
외로움, 지겨움, 스트레스, 불면증 등
도시가 주는 모든 불편한 감정을
내쉬는 숨에 실어 산 아래 두고 올랐던 칭기 트레킹.
사진을 들여다보니 어느새 칭기 정상의 바람이 불어온다.

사랑이 하는 일

돈으로는 할 수 없는 일
생각만으로도 할 수 없는 일
사랑 없이는 할 수 없는 일
나눔은 사랑에 기인한 실천이다.
일행과 함께 준비해 간 물품을 나누는 일은
감사와 보람과 기쁨이 한데 섞인 사랑의 씨앗이었다.
출국 시 지정된 수화물 무게 때문에
아이들을 위한 축구공, 학용품, 의류, 상비약 등
선별한 것들만 가져갈 수 있었다.
지구 반대편에 있을 뿐
우리는 모두 비슷한 삶의 목적과 행복을 추구한다.

역사 왕궁을 방문하고

허름하지만, 고지대에 있는 왕궁이다.
가이드의 설명에 따르면
왕은 1년에 한 번 목욕했다고 한다.
목욕한 물은 성수로 여겨졌다고 하니 얼마나 신성시했는지 상상이 된다.
심지어 그 물을 나누어 마셨다고 한다.
속이 다 울렁거리지만 사실이란다.
기세등등했던 왕의 위세는 입구에 있는 부인들을 위한 처소에서부터 느껴진다.
왕국을 한눈에 내려다볼 수 있을 만큼
높은 곳에 자리하고 있어 바람이 시원하다.
불어오는 바람의 나이는 알 수 없지만
수천 년 전 그때 그 왕이 살아 있을 때도 이곳을 지났겠지.
문득 바람의 의미가 다르게 다가온다.

그림이 되는 창

여행 중 가장 조심스럽고 힘든 것은 식사 시간과 음식이었다.
메뉴는 다양했지만
아무거나 시켰다가는 남기기 일쑤였다.
샐러드나 닭요리를 시키는 게 최선이긴 한데
그나마도 닭요리를 시키면 더운 기후에 크기가 작고 살도 별로 없다.
그래도 그것밖에는 선택할 게 없었다.
어떤 곳은 향신료가 더해져 김치 생각이 절로 났다.
아마 외국인들이 마늘이나 된장, 김치 등의 냄새를 맡기 어려워하는 것과 같겠지.
그래도 가는 곳마다 식당의 창밖으로 보이는 풍경은
마치 한 폭의 그림처럼 좋았다.
음식의 불평을 잊을 만큼 맑고 투명한 창.

벽화

자연과 세월이 만들어낸 풍경.
널찍하고 빛바랜 벽에 꽃기린처럼 생긴 선인장이 더해져
한 폭의 그림이 되었다.
자연이 화가가 되어 그린 듯 화폭이 아주 큰 그림.
그냥 지나치지 못하고 머물러 감사하게 되는 곳곳이 갤러리다.

너를 위해

마음을 모아
기도하는 것
건강하고 평온하기를.

얼마나 귀엽고 예쁜지
얼싸안고 한참을 들여다본다.
사진 속 아가의 평온이 나에게도 전해진다.

숨결이 따뜻하다.
노래가 되고 그리움이 되기를.

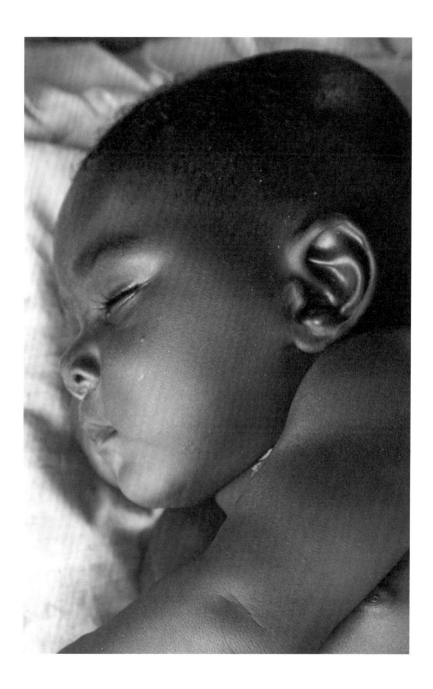

타나의 불타는 노을

입을 다물지 못할 황홀함.
활활 타오르는 듯 기분까지 뜨거움을 느꼈다.
호수에 비친 반영까지 더해져 온 세상이 활활 타올랐다.
그 풍경은 체류하는 2주 내내 선물처럼 만날 수 있었다.
집으로 돌아온 후 매일 맞이하는 어느 저녁에도
타나의 저녁 같은 붉은 노을은 없었다.
사진 속에서 그 기분이 느껴진다.
마다가스카르 여행은 아직도 그렇게 생생하기만 해서
내 일상에 바람처럼 스쳐 지나가며 그리움을 만들고 있다.

기억은 추억으로 그리움으로

반복적인 일상을 두고 떠나는 일이 주저되더니
정작 선택의 순간에는 저울질이 되지 않았다.
호기심이었을까,
지친 마음에 선물처럼 휴식을 주고 싶었을까.
정신없이 한눈팔지 않고 노래만 했던 날이 길었다.
더러는 경쟁이 되고, 긴장하며 살고,
상처를 주고받으며 지내던 시간들을 잠시 내려놓기로 했다.
이 일은 내가 했던 선택 중 가장 잘한 일이 되었다.

떠나는 일
그 이후로는 고민하지 않고 선택하는 일.
그리고 남은 기억이
추억으로 그리움으로 기다림으로 남아
노래가 되었다.

하늘을 날다

내 마음도 붕 떠서 날고
구름도 뭉게뭉게 떠 있다.

비행기를 탔다.
하늘을 난다.
긴 시간 비행에도 피로감이 가볍다.
기대감으로 가득하지만
무게감이 없었고
기다림의 끝이기에 이제 곧 만난다는 것만으로 신났던 비행.
돌아와 꿈속에서도 가끔 하늘을 난다.
꿈속에서는 구름 위를 걷기도 하고 폭신한 구름을 끌어안기도 한다.
그리움이 병이 되는 서울의 밤.
상사병
상상병.

바오밥나무를 만나러 가는 길

여행을 떠나기 전에 바오밥나무를 사진으로 보았다.
생텍쥐페리의 《어린 왕자》로 알게 된 바오밥나무는
비현실적일 만큼 컸다.
그곳으로 가기 위해 들뜬 기분으로 나선 모론다바 공항.

하늘을 날며 내려다보니 웅장한 바오밥나무 숲이 보였고,
긴 시간 달려가는 비포장도로 길가에도
바오밥나무가 우뚝우뚝 서 있었다.
마을이 바오밥나무 군락지 안에 있어
자연과 사람이 어우러져 사는 곳 모론다바.
이미 사진으로 만난 곳이지만
기대 그 이상이었다.

내 인생의 컷
내 인생의 사진
내 인생의 선물
그런 것들을 꼽을 때 우선 되는 순간들.
마다가스카르 여행은
그런 우선순위를 정하는 기준이 되었다.

바오밥나무 거리

마다가스카르를 떠올리면
바오밥나무가 가장 먼저 생각난다.
거대한 크기나 긴 생명력에 매료되어
신기하고 신비하게 바라보게 되는 나무.
그리고 추억 속에 선명하게 자리 잡는 그리움의 나무.
그 앞에 서 보지 않으면
그 웅장함과 크기를 짐작만으로는 다 표현하기 어렵다.
그래서 지구 반대편에 있는 그곳에
인도양을 넘고 며칠이 걸려 다다른다.
선택은 언제나 순간이었던 것 같은데
이렇게 큰 추억을 선물하게 될 줄이야.
나의 그리움보다 더 큰 나무.
흙먼지 뿌옇던 그 거리에
내 발자국은 이미 사라졌겠지만
그리움만은 남아 다시 걷는
마다가스카르 모론다바 바오밥나무 거리.

소년

어린 왕자가 지나갔던 바오밥나무 거리.
해가 넘으려는 저녁
어스름해지는 저녁
역광이었지만 그 찰나에 담긴 소년의 실루엣.
생텍쥐페리의 어린 왕자를 떠올리지 않을 수 없었다.
바다를 건너게 했던 우리의 호기심과 들뜬 마음은
흩어져 분주하게 셔터를 누르며 순간을 담았지만
소년은 무심하다.
나무 한 번 쳐다보지 않는다.
가까이 있으면 그렇게 익숙해지고 당연한 것이 되리라.
소년도 자연의 일부인 듯 걷는다.
헐렁한 모자와 의젓하고 멋스러운 걸음걸이도
특별한 소년.
소설 속에서 튀어나온 어린 왕자.

베스트 드라이버 미셸

건강하고 영어도 유창한 가이드 미셸은 베스트 드라이버다.
밤길, 비포장에 차선도 없는 길,
웅비라고 부르는 이마가 울퉁불퉁한 소와
소가 끄는 마차가 오가는 그 길을 지나는 동안
우리는 발에 힘을 주고 머리 위 손잡이를 꼭 붙들며
감탄에 감탄을 쏟아냈다.

이곳 사람들에게 소달구지는 차보다 유용한 교통수단인 듯하다.
이정표도 없는 길.
미셸은 오랫동안 가이드 일을 했으니 익숙했겠지만
여행객인 우리는 불안한 마음이 더해져 놀랄 수밖에 없었고
숙소에 도착해서야 멀미를 가라앉힐 수 있었다.
차량 불빛과 우리가 탄 차의 속도 때문에
마치 소들이 우리를 향해 돌진하는 듯 착각이 드는 순간순간
아찔하면서도 스릴이 더해져 신기하기도 했다.
베스트 드라이버 미셸은 한국에 돌아온 후에도
내내 안부가 궁금한 주인공이 되었다.
고마운 가이드 미셸.

바오밥나무

푸른 잎이 달리지 않는 시기의 바오밥나무는
얼핏 죽은 나무가 아닐까 하는 생각이 들 정도였다.
더운 기후 탓에 바짝 마른 나무껍질도 그랬지만
빈 가지들이 마치 생명을 다한 나무처럼 보이게 했다.
그러나 그 시기가 지나면 잎이 나고 꽃이 피고 열매를 맺어
그 나무 아래 살아가는 사람들에게 울타리를 제공하고
기름도 내며 삶의 윤활유 역할을 할 것이다.
여행객인 우리 빼고는 키가 큰 바오밥나무를
뒷덜미까지 잡아가며 올려다보는 사람이 없었다.
가까이에서는 그 크기를 가늠하기 어려워
한참을 뒷걸음질해 멀리서 보아야만
그 웅장하고 곧은 나무의 끝 잔가지까지 시야에 들어왔다.
가까이에서는 카메라에 담기도 어려웠다.
바오밥나무는 나를 수다쟁이로 만들었다.
할 이야기가 많아지고 보여 주고 싶게 했다.
주저하는 마음이 작아지더니
그 자리에 바오밥나무가 자라고 있었던 걸까?
마다가스카르를 떠나 올 때까지 나의 옆자리에는
이 커다란 나무가 우뚝 서 동행하고 있었다.
집에 돌아온 후에도 내 마음이 기대어 쉬는 바오밥나무.
그대에게 보여 주고 싶고 들려주고 싶은 이야기.

아침 풍경

고운 모래 탓에 바람이라도 휭 불면
작은 모래바람이 인다.
신발을 신고 걷자니 걸음마다 서걱거린다.
고운 모래 탓에 섬유나 틈이 많은 운동화는 더 서걱거린다.
잘 털어지지 않아 한국에 돌아와서까지도 남아 있는
고운 모론다바 해변의 금빛 모래알.
낯선 여행객들의 등장이 어색했겠지만
담요 같은 천을 두른 소녀의 모습도 이색적이다.
빼꼼이 내밀어 보인 소녀의 얼굴
그리고 큰 눈망울.
아침 햇살에 빛나는 건 금빛 고운 모래뿐만이 아니다.
보석이 박힌 듯 빛나는 눈빛
까만 피부에 하얀 눈동자가 더욱 선명하다.
카메라를 내미니 웃는다.
한 컷 담아 보여 주니 신기해한다.
하얀 치아가 더욱 하얗게 빛난다.
폴라로이드 사진이었거나, 인화가 가능했거나, 다시 볼 수 있다면
이 예쁜 소녀의 사진을 나만 간직하지는 않았을 텐데.
못내 아쉬움이 남아
지구 반대편에서도 내내 그 소녀의 얼굴만 들여다본다.
하얀 미소를 찾고 있다.

열심

아침 풍경이라기엔 낯선
아이들이 공부하는 모습을
북적이는 시장통 모퉁이에서 보았다.
고단한 일상 탓에 학교에서 멀어진 아이가 많았던 터라
대견하고 기특했다.
책을 보고 공부하는 두 아이의 열심이 더해진다.
좀 더 편안하고 평안한 마다가스카르의 내일을 기대해도 될 듯하다.

당연한 일상을 빼앗긴 아이들에게
학교 가는 일은 꿈이 되었고
배움의 갈증은 한낮 기온보다 뜨겁다.
배고픔까지 더해지면 더욱 허기진 하루하루일 것이 분명하다.
안타깝지만 어찌해 볼 수 없는 가난,
그건 바다 건너 아이들만의 문제는 아니다.
나의 유년도 그랬고
지척인 옆 동네 비탈진 내 이웃의 현실이기도 하니까.

에피소드

칭기 가는 길. 몇 시간이나 걸렸을까.
이정표도 없는 비포장 흙길을 40도가 넘는 더위인데
에어컨도 없는 차를 타고 아마도 8~9시간은 달렸던 것 같다.
비포장의 울퉁불퉁한 길이라 속도를 내기도 어려웠고
창문을 열고 다니니 흙먼지가 머리부터 발끝까지 수북했다.
스카프 같은 것으로 겨우 코와 입만 막아 먼지를 거르기도 했다.
차를 세우는 일이 빈번했다.
도로도 좁았지만 낡은 차가 많았고 정비를 제대로 받았을 리 없는 트럭이며
차들은 고장이 잦았기 때문이다.
견인차가 달려올 리 만무하니
남녀 할 것 없이 차를 밀어 길을 내거나 들어 옮기기도 했다.
그곳에선 이 모든 일이 너무 자연스러웠다.
마다가스카르였으니까.
이렇게 글이 되어 나에게만 특별한 에피소드가 되었다.
기우뚱 긁히고 홈집이 생겨도 뭐 괜찮다는 표정들이다.
우리라면 어땠을까. 목소리부터 커졌을 텐데. 대처 방법이 달라도 너무 달랐다.
흙먼지로 눈을 뜨기 힘들어지니 즐비한 바오밥나무도 감흥이 없다.
빨리 목적지에 닿아 숙소로 가고픈 마음뿐. 멀미도 자주 일어나 곤욕을 치렀다.
화장실도 없고. 가는 길을 막고 서 있는, 아니 끼어 있는 두 차량을 처리하는 데
얼마나 시간이 흘렀는지 아무리 기억하려 해도 좀처럼 기억이 나지 않는다.
모두가 그렇게 지쳐 있었다.
그러나 이렇게 남은 사진 속의 이야기는 너무 선명하다.
들려주고 싶은 재미있는 이야기.
우리만 아는, 웃을 수밖에 없는 에피소드.

순수

호기심 외에는 아무런 경계가 없다.
맑은 표정에 깨끗한 치아가 드러나면서
더욱 투명해지는 기분 좋은 웃음
참 순수하다.
달리 표현할 단어가 떠오르지 않는다.
아마도 사춘기 소녀겠지.
마다가스카르는 아프리카 섬나라이지만
인도양에 있어 동양인과 체형과 이미지가 비슷해 보이는 사람이 많다
우리가 가져간 물품 중 옷가지들은
체형이 비슷한 이들에게 가장 인기가 좋았다.
단정하게 곱게 땋아 꼬아 놓은 머리에 자꾸 눈길이 간다.
긴 생머리가 탐이 나는 소녀들은 자꾸 내 머릿결을 만지고 싶어 한다.
까르르 웃을 때마다 손길이 닿는 것을 느낀다.
재미있어하고 신기해한다.
내가 이 소녀의 모든 것이 다 좋은 것처럼.

언어의 장벽을 허무는 미소

웃으면 다 됐다.
낯선 경계도 풀어졌고, 배고픔도 해결할 수 있었다.
그렇게 미소는 만국 공통어이다.
손을 흔드는 일도 그랬다.
많은 것이 그렇게 통했다.
딱히 그들과 같은 언어를 말하지 않아도 통했던 손짓과 웃음.
한동안 혼자 있을 때도 그 순간들이 떠올라 입가에 미소가 번졌다.

내가 알고 있던 내가 아닌 모습으로
그곳에서는 시달리지 않은 마음에서 우러난 웃음.
그 표정을 선물처럼 다시 내 얼굴에 드러낸다.
나는 왜 그토록 환하고 거짓 없는 미소를 한동안 잃어버렸던 것일까?

기적 같은 일

자기 모습을 사진으로 간직하는 일
우리에겐 흔하고 당연한 일
그러나 마다가스카르의 사람들에겐 기적 같은 일.
얼마나 신나고 감사하고 놀라워하는지
폴라로이드 카메라를 가져간 것이 여행에서 가장 잘 한 일이 될 정도였다.
필름이 부족해 아쉬움이 남았지만
더 가져갔어도 그 마음은 같았으리라.
서로의 모습이 작은 인화지에 담겨 있는 것만으로도
이들에게는 기적이었다.
우리가 건넨 사진들을 다시 돌려주는 표정에 아쉬움이 역력했다.
그 가족에게 주려고 담은 사진이라
손사래를 치며 주었더니 큰 눈망울이 더욱 커진다.
'메르시'를 몇 번이나 말하며 감사를 전한다.
오히려 미안해지게.
더 큰 사진을 안겨 주고 싶은 마음이 내내 아쉬움으로 남는다.

영화의 한 장면 같아

연출이 아니면 이런 풍경이 눈앞에 펼쳐지는 게 가능할까?
우리를 위해 저만큼 거리를 두어 영화의 한 장면처럼 보여 주는 게 아닐까?
그런 생각이 들 정도로
재밌고 여유롭고 느긋하고 편안하고 자연스러운 저들의 일상.
묶여 있는 보따리에 무엇이 들어 있는지 궁금해진다.
바나나며 농사지은 것들을 담아
다른 마을 아니면 저 나무배가 닿는
어느 강가의 시장으로 향하는 길이겠지.
그저 물길에만 방향을 맡기고도 불안한 기색이 없다.
물길은 알아서 흐르고
사람들은 갈 길을 간다.
그렇게 살아가는 사람들.

놀이문화

유년 시절 내가 기억하는 땅따먹기.
큰 나무 아래 아이들이 그와 비슷한 놀이를 한다.
땅에다 선을 긋고 뛴다.
피부색과 언어는 달라도
노는 모습은 너무나도 닮았다.
지구 반대편에 이런 놀이를 누가 가르쳐 주었을까?
한두 살 많은 동네 언니들과 놀며 배운 놀이와
추억이 된 지난 시간을
이곳에서 다시 꺼내 본다.
너무나 닮은 모습에
나도 함께 한 쪽 발을 접어들고
함께 뛰는 상상을 한다.

언니, 오빠, 누나, 형

언니는 나를 업어 주었다고 한다.
4살 차이 나는 오빠는 내 손을 잡고 데리고 다녔을 것이다.
오빠는 열 살쯤 나는 일곱 살.
함께 신문 배달을 다니던 기억이 떠올랐다.
가난을 이기려 일 나간 엄마의 자리에 늘 오빠나 언니가 있었다.

동생들을 돌보는 일은 언니 오빠의 흔한 일과 중 하나이다.
정겹고 기특하고 대견하다.
내 눈엔 모두 다 아이들인데.

칭기

150만 년 전 바다였던 땅이
지각변동으로 산이 되었다고 한다.
아무리 과학적인 증명을 내세워도 믿을 수 없는 일이 참 많은데
의심할 수 없는 이유가 있었다.
산 정상 사암으로 이루어진 뾰족뾰족한 바위 표면에
조개껍데기 화석들이 박혀 있기 때문이다.
한두 개가 아니다.
통째로 바다 깊은 곳을 떠서 굳혀 놓은 형상이다.
사암으로 이루어진 바위들은 단단해 보여도 잘 부서지기 때문에
지정된 경로로만 산에 오를 수 있었다.
유네스코가 지정한 세계문화유산 칭기의 정상은
바닷바람이 부는 듯 시원하고 서늘하기까지 했다.
우뚝 솟은 사암 절벽들 아래는 모두 울창한 숲.
믿기지 않지만 믿을 수밖에 없는 풍경이다.
심해 몇 미터인지는 모르겠지만
나는 어쩌면 150만 년 전 빛도 없는 심해를
밟고 서 있는지도 모를 일이다.

칭기 오르는 길

산에 오르는 것이 아니고
바닷속을 타고 올라가는 길.
긴장을 놓을 수 없는 경로도 있었다.
바위를 붙잡으면 잘 부서지기 때문에
가이드의 안내를 따라 조심해야 했다.
안전 장비 사용법도 잘 배워야 했다.
가슴이 뛴다.
짜디짠 땀도
바다였던 정상에 다다르자
바닷물 소금기인 듯 느껴지던 칭기.
잊을 수 없는 태곳적 신비의 바다
그 속.

속눈썹

어른이나 아이 할 것 없이
속눈썹이 예술이다.
가장 아름답게 태어난 사람들.
검지만 매끈한 피부 맑고 큰 눈과 빛나는 눈동자
아이들을 마주할 때마다 눈을 뗄 수 없었다.

아름다운 눈동자에 늘 내 모습이 거울처럼 비쳤다.
그래서 더 가까이 다가가 들여다보게 되었다.
아이들은 우리를 더 호기심 어린 눈길로 보았겠지.
그렇게 우리는 서로에게 추억이 되었다.

생명력

바위 틈새를 비집고 들어온 볕을 찾아 자라고 있는 식물.
좁디좁은 틈새를 비집고 내린 뿌리가 대단한 생명력을 느끼게 한다.
해가 기울면 어두워질 그 자리에서 초록을 잃지 않고 있다.
어디에서 풀씨가 떨어졌는지 몰라도
암흑 같은 검은 돌 틈에서
습기와 틈새 바람과 한 줄기 햇볕을 받고 키워낸 푸르름에
놀랄 수밖에 없던 순간을 담는다.
이 사진을 볼 때마다
내면 어디에선가 비집고 나올 용기가 꿈틀거리는 걸 느낀다.
작은 사진 한 장이 내게 건네는 희망.
그 희망에 물을 주는
자신에게 격려를 잊지 않는다.

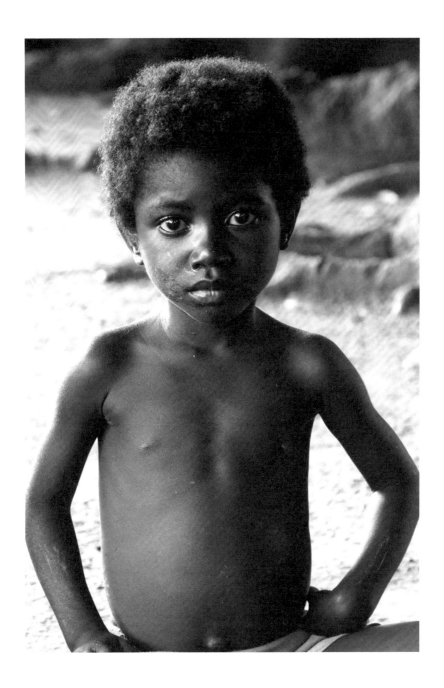

초콜릿

어찌나 까맣던지
윤기가 나 햇볕에 더욱 반짝거리고 빛이 났다.
까만 피부색의 나라이지만
이 아이는 유독 까맣다.
낯선 여행객들이 신기한지 한참 우리를 주시하던 아이는
포즈를 취해 주는 듯 서 있었다.
웃고 있지만 아이의 얼굴에서 긴장감이 느껴졌다.
선명한 코 흘린 자국과 고무신을 신은 모습에서
나 어렸을 때 모습이 떠올랐다.
나도 그랬지.
검다는 표현보다 마치 초콜릿 같은
그렇게 나에게 담긴 너의 모습.
건강히 자라렴.
너의 유년을 떠올릴 때
낯선 여행객들의 분주함도 스쳐 지나가는 기억이 되었길 바라.
나처럼.

과일가게

가던 시선이 멈춘다.
선명한 색감에 눈을 뗄 수 없고
나도 모르게 셔터를 누른다.
과일가게,
몇 줌 안 되는 방울토마토와 노란 레몬과 라임이 전부이지만
천천히 움직이는 차 안에서 살포시 사진에 담는다.
과일을 올려놓은 천들도 어쩜 저리 잘 어울리는지.
카메라 셔터를 연신 누르며
내가 이렇게 컬러풀한 풍경들을 좋아한다는 사실을 문득 깨닫는다.
나도 몰랐던 내 취향을.
몇 개 안 되는 옥수수도 반갑다.
귀한 먹거리다.
더운 나라 물이 부족한 기후에 농사를 짓는다는 건
여간 어려운 일이 아닐 것이다.
시장의 아이들은 낯선 이방인의 등장에 경계도 하지만
대부분은 손을 흔들거나 새어 나오는 웃음을
작은 손바닥으로 감추며 부끄러워한다.
소박하고 자연스러운 상인들의 모습.

멋진 아이

깃털을 달아 만든 귀걸이를 한 아이는
모두에게 반갑고 재밌는 기억으로 남아 있을 것이다.
우리에게 카메라 마사지를 제대로 받았던 아이.
모두에게 같은 사진과 추억을 선물해 준 멋진 아이의 포즈에
너도나도 신이 났다.
비포장도로로 먼 길을 나선 고단함에 지쳐있던 차에
큰 웃음과 즐거움을 선물해 주어 멀미를 가라앉혀 준 멋쟁이.
사진 속 모습처럼 늘 건강하기를.
부디 그러길.

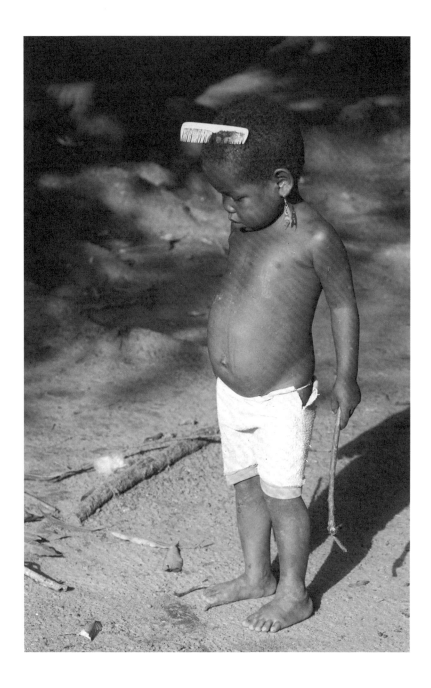

가뭄

내 마음도 이렇게 갈라져 있는데
물이 귀한 이곳은 곳곳이 가뭄이다.
그래, 자연은 인간의 힘으로 어찌해 볼 수 없지.
순응하며 살아가야지.

여행은 내 가물었던 일상과 마음에 단비가 되었다.
다 타 버리기 전에 만난 생명수같이
다시 돌아온 내 하루를 푸르게 했다.
마다가스카르의 기억만으로도
아름답게 이야기를 꽃피울 준비를 하게 했고
노래로 맺어지게 했다.
여행이 심겨 키워 낸 결실이다.

취향

확실한 취향을 알게 되었다.

마다가스카르를 여행하며 나는 나에 대해 더 많은 것을 알게 되었다.

오후를 좋아하는 것도

노을을 반기는 마음이 다른 때보다 크다는 것도

그림자를 좋아하고

붉은 벽의 색감을 즐겨 찍는 것도 알게 되었다.

노을이 지는 저녁 더욱 붉게 물들인 황토를 개어 세운 벽에

그림자와 화초와 화분이 잘 어우러져 큼지막한 벽에 그림이 그려지면

나는 황홀한 기분에 다다른다.

자연이 만든 이 색감은 누구도 따라 할 수 없을 거야.

다른 생각들이 끼어들 수 없게

아주 그윽하게 카메라에 담은 사진.

그 앞에 선 나는 무아지경이다.

미소를 훔치다

이 아이들의 미소를 훔쳐 오고 싶었다.
순간 누른 셔터에 담긴 미소는
지구 반대편 나 있는 곳까지 돌아와서도
내 얼굴에 번지고 있다.
작고 여린 천사의 미소로 반겨 준 아이들의 선명한 모습도 잊을 수 없다.
우리에게서 눈을 떼지 못하는 아이들에게
폴라로이드에 담긴 아이들 사진을 건넨 것이 전부인데
오히려 나는 너무나 큰 추억의 선물을 받아 와 버렸다.
내내 눈을 감게 되는 그리움.

칭기를 떠나기 전 작은 마을에서 담아온 미소
천국의 아이들 웃음.

사진을 담는 즐거움

서터를 누르는 즐거움
보는 즐거움
보여 주는 즐거움
사진을 건네는 즐거움
간직하는 즐거움
추억하는 즐거움
그 모든 것이 다 담겨 있는 사진 한 장.
도시에서 멀리 떨어진 마을.
오지의 아이들은 거울 보는 일도 낯설고
사진에 담긴 모습을 보는 일도 처음 경험하는 일이었을 것이다.
폴라로이드 필름을 넉넉히 챙긴다고 챙겼는데도
그 모습을 다 담아 주지 못하고 다 주고 오지 못한 아쉬움이 크다.
아이들에게 카메라는 신기한 물건이었을 테고
폴라로이드는 말할 것도 없었으리라.
호기심 많은 아이들은 안간힘을 쓰며
내 팔을 끌어당겨 사진을 보여 달라고 했다.
너무 많은 아이가 모여드는 탓에 조금 위험해질 수도 있어
때론 조심스럽기도 했다.
그때 거기가 아니면 또 언제 다시 만날 수 있을까 하는 마음에
가능한 한 사진으로 담아 주려 했지만 끝이 없었다.
그러나 모든 짐을 필름으로 가져갈 수도 없었고
필름 가격도 만만치 않았으니
미안한 마음은 최선으로 달랠 수밖에.

걱정

질병에 취약한 깊은 오지의 마을 사람들은
아프면 병원이나 의사의 진료를 찾기보다
민간요법으로 상처 부위를 치료하거나
참고 견디며 면역력을 기르는 듯하다.
질병으로 안타까운 일도 많을 것으로 짐작된다.
부스럼으로 울고 있는 아이
그리고 그저 바라볼 수밖에 없는 젊은 엄마의 한숨을 본다.
우리도 어찌해 줄 수 없어 안타깝다.
의료봉사 지원도 이 넓은 땅에 다 닿을 수는 없을 테고.
환경에 잘 적응하는 것으로 삶을 이어가는 사람들의 일상이
적잖은 걱정을 일으킨다.
돌아보면 돌아볼수록.

내 사랑은 노을이 되고 싶다

하늘과 구름과 노을
아름다운 만남이
세상을 물들인다.
나는 저 멋진 하늘이 되고 싶고
누군가의 마음을 아름답게 물들일 수 있는 사랑을 하고 싶다.
그대 안에 구름같이 떠다니는 내 사랑은
노을이 되고 싶다.

손뜨개 모자

한낮 기온이 40도, 50도를 넘나든다.
아기의 털모자를 벗겨 주고 싶다.
엄마의 손길일 수도 있고
구호품을 받아 씌워 준 것일 수도 있다.
저녁에 기온이 떨어지면 그때 씌우지
한낮 바람 한 점 없는 더위에도 벗겨 주질 않는다.
잃어버릴까 봐 그러는 걸까.
그럴 수도 있겠지만
보는 내내 뜨겁다.
에고, 에고.

호기심

예뻐 보여서 빌려 달라고 손짓을 했다.
선뜻 건네 준 스카프를 나도 두르고 인증 샷.
치마처럼 두건처럼 두르고 있는 천들이 컬러풀하다.
검은 피부색 탓에 선명하고 진한 색감의 옷들을 선호한다고 한다.
로런스는 이뻤는데 나는 영….
하지만 이국적인 느낌이 들어
여행 사진으로 좋은 자료가 되었다.
더운 날씨에 민얼굴이라 그런지 더 현지인 같다.
잘 어울리는 듯
안 어울리는 듯
호기심의 결과물.

사람도 자연이다

너무 자연스러운 사진 한 장.
사람도 자연이다.
그렇게 미동도 없는 물가의 한 그루 나무처럼
나는 그를
그는 우리가 탄 배를 응시했다.
셔터 누르는 것을 몰랐으리라.
칭기를 떠나면서 강을 건너기 위해 배를 탔다.
온통 흙탕물이다.
모든 강의 물이 맑지 않았다.
사진 밖 풍경에는
빨래하는 여인들이 있고, 목욕하고 머리를 감는 모습도 있었다.
낚시하는 사람들도 있고
소를 몰고 가는 목동도 보였다.

아이들이 물놀이에 신난 모습에도 눈길이 머물렀다.

그냥 뒷짐 지고 서 있는 그의 포즈에 셔터를 눌렀다.
이렇게 멋진 사진으로 남은
그리운 마다가스카르.

착한 아이

여정 중 풍선아트로 즐거움을 주는 시간이 있었다.
아이들이 모두 모여들었다.
신기해하고 즐거워하고
순서를 기다려 손에 받아들 때까지 수많은 눈이 반짝거렸다.
기대하는 그 마음이 얼마나 가슴 두근거렸을까.

아주 어린 아이들은 기다리지 못하고
보채고 칭얼거릴 만도 한데
전혀 그렇지 않았다.
아유, 착해라.
3살 아이들도 의젓하게 순서를 기다렸다.

내 주변의 아이들을 떠올려 보면
분명 떼를 쓰거나 할 분위기인데.
일찍 철이 난 것이리라.
허기가 잦은 일상이니 사소한 것에 무감하기도 할 것이고.
그저 짐작이지만 이렇게 어른스러운 아이들이 처음이라
놀라지 않을 수 없었다.

135

반가워

모래 범벅을 하고 있는 이유를 알 수 없지만
움직이며 여러 표정을 짓는데도
모래가 여전히 그대로다.
로런스라는 아가씨가 사는 마을에서 만난 소년이다.

더운 기후 탓에 땀이 마를 새가 없었지만
저렇게 모래가 붙어 떨어지지 않는 날일 줄이야.
호기심 많은 소년은 우리를 계속 따라다녔다.
사진에 담겨 이렇게 다시 얼굴을 마주한다.
카메라 셔터를 누르면 더 가까이 얼굴을 내밀었다.
그렇게 가까이 다가온 여행.

아름다운 재회

마다가스카르에 애정이 깊은 사진작가를 따라나선 우리는
반가운 만남, 재회의 순간을 간간이 마주할 수 있었다.
이미 오래전 사진으로 만나 익숙한 얼굴이다.

책에 담긴 자기 모습을 본 소녀는 너무 신기해하고 부끄러워했다.
예쁘게 꼬아 놓은 헤어스타일도 아름다움을 돋보이게 했다.
밝게 웃는 얼굴을 마주할 때마다 눈이 부셨다.
보석 같은 미소가 보면 볼수록 아름다웠다.
그 미소를 잃지 않는 내일을 살아가기를.
나의 책에도 등장한 소녀.
다시 저 웃음을 만날 수 있을까?

흥이 많은 아이들

열 살 미만의 아이들이다.
누구라도 흥얼거릴라치면 춤을 추었다.
우리도 흥이 많은 민족이라지만
해변의 아이들은 더욱 흥이 넘쳤다.
칭얼거리지도 않고
보살피는 어른이 없는데도 알아서 언니 오빠 따라
잘 놀고 알아서 척척이다.
조개도 잡고 빨래도 하고.
열 살 미만이었던 나 역시
오빠 따라 물 맑던 요천수에서 대수리(민물고동)도 잡고
나무하러 다녔던 기억이 있다.
남원에서 보낸 어린 시절이다.
바닷가의 아이들은 낚시도 잘하고 밝고 건강했다.
나의 열 살 때처럼.

눈길

신기하게 나를 올려다보는 아이의 눈빛 좀 봐요.
보석이 눈동자에 있어요.
이마를 덮은 잔머리도 어찌나 뽀송해 이뻐 보이던지
손을 한 번 잡아 주었습니다.
끈끈한 작은 손.
끈끈한 기억.
더운 날 나 역시 땀이 마르지 않고 계속 흘렀지요.
잊을 수 없는 까만 천사의 얼굴.

소년과 바다 그리고 나무배

진지하다.
아이의 표정과 몸짓이.
카메라를 들어 보였더니 웃는다.
셔터를 눌렀다.
모니터를 통해 아이의 모습을 보여 주었더니 역시 신기해한다.

인화한 사진을 주지는 못했지만
소년이 여유롭게 여행객을 맞는 아침을 독자들이 만나게 되었다.
한동안 나무배에 앉아 사색하는 모습이
어른스러웠다.

뛰어놀기 바쁜 나이인데.
체구에 맞지 않은 옷차림이 마음 쓰이지만
그마저도 아이에게는 감사이고 자연스러운 일상일 것이기에
주제 넘으려는 마음은 접어 두어야지.

아침 바닷가의 그림 같은 풍경.
근처에 있던 또래 아이들이 노는 모습은 잠깐
이내 밀물 때를 기다리는 나무배에 올라앉는다.
소년과 바다와 나무배는 그렇게 하나 된 모습으로 담겼다.

모론다바 바닷가 아이들의 아침 일과

자그마한 아이들이 줄줄이 앉아 바다를 바라보고 있기에
조금 더 가까이 가 보았다.
한참 움직이지 않고 그렇게들 앉아 있다.
렌즈를 당겨 자세히 보니…
일과 중 가장 중요한 볼일을 보고 있다.
금빛 모래 해변은 화장실이 없는 바닷가 마을 아이들의 해우소인 셈이다.
밀물이 되기 전에 볼일을 보면
썰물에 쓸려가 깨끗해진다.
그렇게 자연과 더불어 순응하며 살아가는 일상.
아이들은 보고 들은 대로 그렇게 자연스럽게 배우고 있다.
휴지도 필요 없이 바닷물에 씻고
모래로 덮어 놓기도 한다.
재밌고 기발한 삶의 방식이 놀랍기도 하다.
지금도 그런 아침을 맞이하고 있을 모론다바 해변의 아이들이 그립다.
밀물과 썰물의 때를 잘 아는 그들의 하루가 부럽다.

바람이 일면

바다를 삶의 터전으로 삼는 모론다바 사람들은
이른 아침 바람이 일면 뭍에 올려둔 돛단배의 돛을 올리고
물때를 기다렸다가 썰물에 맞추어 밀고 나간다.

아침 풍경이 장관이다.
저 수평선 위에 달린 돛은
삶을 항해하는 듯 느껴진다.

바람에 맡기고 노를 저어 방향을 잡으며
뭍에서 멀어지는 광경을 한참 동안 바라본다.
시간은 이미 멈춘 듯 무감한지 오래다.
파도가 밀려왔다가 다시 바다를 향하며 힘껏 돛단배를 밀어낸다.
저 깊은 바다로.

집으로 돌아온 내 하루에도
저 썰물 같은 파도가 간절하다.
그 아침의 순풍을 갈망하게 된다.
노를 젓는 노래가 저 넓은 세상으로 나아가도록.

얼굴

삶이 고스란히 담긴 얼굴
표정에 일렁이는 주름까지.
다른 세상의 마법사 같은 어르신을 해변에서 만났다.
하얀 수염도 신비롭게 보이는 할아버지.

고기 잡으러 먼 바다로 나갈 수고로 분주한 아침.
햇살에 눈이 부셔 이목구비가 잘 안 보였는데
카메라에 담긴 표정이 더 선명하다.

그 아침 어르신의 스치는듯한 눈길과
입가의 작은 웃음이
평온하게 내 아침을 열며 마음을 어루만지는 순간.

관심

모래밭에서 페달을 굴리는 건 여간 힘든 일이 아닌데
자전거를 타고 가다가 여행객인 나를 보고는
땅에 발을 딛어 가던 길을 잠시 멈춘다.

가던 길을 잠시 멈추는 일.
나는 지금 그렇게 다른 길에 들어서
아프리카 해변의 풍경을 마주하고 있다.
관심을 넘어 호기심의 눈빛은 보이지 않았지만
미동도 없이 내 쪽을 향한 모습만으로도 충분히 알 것 같은 시선.
모든 것이 다 다르게 느껴지겠지만
아침 바다가 주는 자연의 위로와 선물을
함께 받고 있다는 동질감.
그와 나에게 최고의 선물 같았던 눈부신 햇살의 아침.

바다를 향해

바다를 품을래?
바다에 안길래?
바다가 부르니?
바다가 좋으니?

그래,
달려가는 거기에 바다가 있어.
나도 바다를 향해 달려가 안기고 싶어.

조개껍데기도 최고의 장난감이 되고
소꿉동무들이 모래로 쌓은 탑이 파도에 사라져도
다시 쌓으며 재잘대는 모른다바 해변 아이들의 일기.
자꾸 그리워지는 풍경.

바람

돛을 달지 않은 배들이 있다.
그저 노를 저어 나아가는 배
눈에 띄는 배의 색감은 배 주인의 표식 같은 것이리라.
인디언들이 그려 놓은 그림 같기도 하다.
눈에 띄는 많은 것이
내가 여행 중임을 느끼게 한다.

차에 실어 올 수 있다면 기꺼이 그랬으리라.
배 한 척.

바다로 가는 돛단배 하나 있으면 더 바랄 것이 없을 듯
간절하고 그립게 만드는 사진이다.
고기잡이를 마친 배들은 뒤집어 소금기를 말리고 있다.

모든 것을 다 품어 오고 싶었던 아침.
그 아침을 다 가져오고 싶은 욕망이
바다를 건너던 아침.

장군감이네

얼마나 건강하던지
볼때기가 터질 것 같다.
장군감이네.
부리부리하고 휘둥그런 눈이 낯선 사람들의 손길에 놀란 표정이다.
그러나 울지는 않는다.
아이를 서로 안아 보려고 줄을 선다.
아, 그 느낌.
아기의 온기와 까만 피부의 매끄러움
옹알옹알 천사의 말 같은 옹알이.

건강하게 잘 자라렴.

해 보고 싶었던 일

경계 없이 의식하지 않고
낯선 여행지에서 노래해 보기.
사람들이 쳐다보겠지만, 뭐 어때.
신기해하고 신이 났다.
노래를 부르는 나도 들어 주는 현지인들도.
통기타를 구경하는 사람들
작은 체구의 동양 아가씨 목소리도 신선했을 것이다.
그 사람들의 기억 속에도 내가 있을까?
안타나나리보 어느 공원에서 우연히 만났던 노래하는 여행자 아가씨로.
기록으로 잘 남겨 준 신미식 작가에게도 고마운 마음이다.

삶의 변화는 그렇게
선택이다.
만남이라는 것을 알게 해 준 순간에 감사.

여행이라는 것

가 보면 알아.
많은 질문에 대한 답이었다.
궁금한 것도 많고
나서기 전 준비할 것도 많았던 터라
끊임없이 인솔자에게 질문을 던졌다.
그랬다.
떠나보면 알게 되는 것이었다.
미리 알려 줄 수 있는 것들이 아니었다.
개개인이 알게 되고 느끼는 이야기들이 달랐다.
여행은 그런 것이었다.
같은 곳에 닿아도 다른 시선으로 보는 것.
다른 마음으로 만나는 사람과 풍경들.
똑똑한 바보들이 가난한 부자들을 만나
머쓱해진 경험을 충분히 했다.
그렇게 많은 것이 새로고침 되었다.
변화는 주저하고 겁을 내는 일이 아니라는 걸 알게 된 후
나는 더 자주 내 삶의 자리를 이탈했다.
그때마다 늘어난 보물 같은 선물의 기록들이 노래가 된다.
용기다. 떠나는 것도 용기라는 것을 알게 해 준 마다가스카르.
여행은 결국 내게 많은 것을 가르쳐 준 스승이 되었다.

배움의 세상을 향할 때마다 비워지고 다시 채워지는 사랑이야말로
내가 잃어버렸던 가장 중요한 삶의 방향키가 아니었을까.
뜨겁지는 않아도 따뜻한 가슴으로 품을 수 있는 것이 너무 많은데.
마음의 문을 스스로 닫아 버리거나
너무 차갑게 지낸 지난 시간을 선명하게 보게 해 준
지구 반대편 마다가스카르에서 만나게 된 또 다른 나를
더욱 사랑하며 살기로 한다.

희망 사항

사랑이 담긴 노래를 부르고 싶다.
여행에서 만난 설렘과 반가움으로
그 사랑의 시를 짓고 싶다.
낯선 곳 낯선 시선을 누비며 즐거웠던
내 마음이 다시 하늘을 날 때까지
그대에게 그 자유를 노래해 주고 싶다.

은빛 모래 위 반짝이는
검은 피부마저 눈부시다

푸르기만 한 바다와 하늘의 경계가 무색했던 날
소녀와 마주친 눈길이 생생한 기억으로 남는다.
무엇하나 더하거나 뺄 수 없는
자연 그대로의 일상이 화려하다.
이보다 더 빛나는 순간이 또 있을까.
서로 나누었던 인사
살람! 살라마!

같은 곳을 바라보아도
다른 길을 가는 사람들

문득 궁금해지는 그들의 이야기 그리고 생각.

언어의 장벽이 아무리 높아도

서로 건네는 웃음은 만국 언어이다.

작은 그랜드 캐니언이라 불리는 이살로 국립공원의 멋진 광경을

말없이 바라보고 있는 연인.

자연이 빚은 멋진 예술 조각 작품 같은 거대한 풍광 앞에서는

아무런 소리도 언어도 필요 없다.

같은 곳을 바라보는 듯해도

생각하는 무수한 이야기들은 다른 방향을 향해 있겠지.

내게 남은 모든 순간이 선명하다.

누군가에게는 사진으로, 글로 새로워질 순간들.

멋지다.

아름답다.

부럽다.

언제 어디면 어때

추억은 자유로워서
지구 반대편 여행 중에 만난
고무줄놀이하는 아이들의 모습에서
함께 장단 맞춰 뛰어노는 나를 만날 수 있다.
시공간을 초월한 기억을 마주하는 마음의 시계가
어느덧 담양군 창평면 *창평북초등학교 운동장에 가 있다.
친한 친구들, 잊고 있던 이름들이 하나둘 튀어나와 상상 속에서 함께 뛰논다.
현숙이, 유정이, 혜경이, 옆집 살던 귀순이, 건너편 동네 명자, 애옥이.
그립다.
그리운 것투성인 지금
내가 할 수 있는 건 눈을 감고
그 타임머신에 기억을 태우는 일이다.

* 지금은 폐교되어 사유지가 되어 버린 모교

맑은 물은 깊이를 가늠하기 어렵다

맨발의 아이들.

4일간 마을 아이들과 어울려 지내고 있다.

여기는 벨루자키라는 작은 해변 마을.

베조족이 사는 이 마을에는 작은 모래언덕이 있어서

매일 이 언덕을 오르내리는 아이들의 웃음소리가 끊이지 않는다.

고운 모래가 들러붙어 아무리 털어도 지근거리는

신발과 옷가지가 점점 거추장스러워지는 하루.

남은 하루는 나도 맨발로 해변을 걷고 마을을 돌아다녔다.

모래언덕을 누볐다.

어릴 적 작은 언덕이라도 있으면

낡은 포댓자루를 깔고 앉은 채 내려왔던 그때처럼

찌끄름(미끄럼)을 타고 내려왔다.

재미진 기억들이 끝도 없다.

이런 일상을 사는 마다가스카르 아이들에게

동정은 나의 잣대일 뿐이며 편견이라는 마음에 이른다.

맑은 물은 다 들여다보여 쉬 판단하게 되겠지만

그 깊이를 제대로 알기는 어렵다.

이들의 행복을 보며

"나는 지금 행복한가?" 하고 수없이 자문했다.

그들은 행복해 보인다.

지금 행복한 것이

가장 행복한 것이라는데.

기다리는 것
그것만이 희망일 수밖에 없는 사람들

노동이라도 할 수 있는 삶
그 대가로 한 가정이, 개인이 살아갈 수 있다면
감사하고 행복할 일일 것이다.
나라와 사회는 그렇게 순환하는 것일 텐데
우리에겐 너무도 당연한 생활을 꿈이라 말하는 이곳, 사카라하.

"먹고사는 문제가 가장 힘들어요.
기후도 한몫하지만 아직 다 해결할 수 없는 부패와
가진 집단의 이기심이 평범한 일상을 더 힘들게 하지요.
아이들 교육이 어렵고, 복지라는 영역은 남의 나라 이야기이며
뭔가 돌파구가 있다면 목숨 걸고 찾아 나서는 사람들의 내일은 참 힘겨워요."

사파이어를 찾아 고향을 떠나온 사람들의 도시.
〈블러드 다이아몬드〉라는 영화가 비추었듯이
사파이어를 찾아 새로운 인생을 살아가는 사람들은 아주 극소수이다.
그런 꿈이라도 꾸어야 한 줄기 희망을 붙들고 살 수 있기에
길 위에 집을 짓고 온종일 사파이어를 찾으려 물속에서 채질을 한다.
반짝이는 삶을 향한 고단한 일상은 끝이 없다.

나는 무엇을 위한 경쟁으로 이기심을 키우고 있는가?
그 가치 없는 것들을 향한 욕심이 끝이 없다.
소녀의 뒷모습을 바라보며
길 위에 다 쏟아 버릴 생각들이 하염없이 떠오르는 저녁.

불가사리

너
별이 되고 싶었던 거 맞지?
그런 거지?

바오밥나무 이야기

생텍쥐페리의 《어린 왕자》에도 바오밥나무가 나오지만
많은 이야기 중에서 이 이야기가 가장 인상적이었어요.
수천 년을 사는 바오밥나무가 왜 거꾸로 서 있는 것처럼 보이는지 아세요?
아주 옛날 여왕이 나라를 다스리던 시대였어요.
질투가 많고 고약한 여왕은
사람들이 오래된 바오밥나무를 향해 절을 하고 소원을 빈다는 이야기를 듣고는
화가 나서 바오밥나무를 모두 거꾸로 처박아 버렸대요.
그래서 곧게 뻗은 나무 꼭대기의 잎과 열매를 맺는 가지가
뿌리처럼 보이는 거래요.
정말 그렇게 보이죠?
벌을 서는 모양이어도
오랜 세월을 견딘 그 인내는 정말 경이롭기까지 하다니까요.
그 생명력에 놀라지 않을 수 없어요.

돛단배

동력 장치가 없는 이 배는
수동으로 항해해야 한다.
자연에 기대어야 하고,
경험을 통한 지혜를 모아야 바다로 나갈 수 있다.
바닷가에 사는 사람들은 배를 갖는 것이 첫 번째 소원이고
두 번째는 돛을 다는 일이라고 한다.
우리에겐 웃을 일이고 적은 금액일지 모르나
평생을 모아 꿈을 이룬 사람들.
돈보다 마음이 부자인 사람들.
그들의 하루가 눈부시다.
자연과 어우러지는 삶을 사는.

시선

길을 나서 걷다 보면
시선을 붙드는 풍경들이 있다.
컬러가 주는 매력, 끌림.
자주 사용하는 소지품 중에 붉은색이 많다.
난 그런 색을 좋아하나 보다.
돋보이게 하는 조명이 아니어도 발길을 끈다.
시선을 붙들고 가던 길을 멈추게 하는 이색적인 풍경이 많은 이곳.
가만히 들여다보면 한국에 없는 것도 아닌데 새롭다.
예쁘고, 따뜻하다.
그리고 소박하다.
바구니에 담긴 라임을 이리 찍어 보고 저리 찍어 보고.
신기해하는 아주머니는 생각하겠지.
'뭐 이런 걸 다 찍누.'

낯섦과 익숙함에 대한 단상

낯선 풍경에 시선을 빼앗기는 것도 잠시

피부색과 언어의 이질감도 잠시

그러나 익숙한 것들이 새로워지는 순간을 여행지에서 만난다.

정신없이 여행지에 도착하고 며칠이 지나면 익숙했던 것이 새롭게 다가온다.

아주 드물게 눈에 띄는 한국 사람이 반갑고,

꽃들이며 나무, 생활 소품에 이르기까지 모두 새롭게 눈에 들어온다.

같은 것을 바라보는 내 마음이 새로워진 것일까?

늘 일상에 함께했지만 무심하게 보고 느끼던 것들이

더운 나라 아프리카에선 새롭고 반가운 존재가 된다.

매일 보던 풍경들인데.

어떤 마음으로 사물을 자연을 그리고 삶을 바라보는가가 중요한지

보석 같은 삶의 지혜를 깨닫는 시간이다.

일상으로 돌아가는 날

다시 그리워질 것이다.

일주일쯤 지나니 익숙해진 검은 피부색과 보석 같은 눈망울,

꼬불꼬불한 헤어스타일과 하루에 몇 번씩 나누던 짧은 인사말이.

모든 것이 새로워지고

같은 하루하루가 반갑고 감사한 이유다.

기도

생각한 것보다
들었던 것보다
보았던 그때가
훨씬 행복해 보이고 훨씬 더 사랑스럽더군

목이 마를 때는
배가 고플 때는
쉬고 싶을 때는
더 힘들고 조금 더 슬퍼지겠지만

만남이 나누게 될 사랑이
거기에선 희망이라는 꽃으로 피기를 바라.
향기로 미소 짓기를
그렇게 다시 만나길 바라

그렇게 되기를.

별 비가 내리면

별이 쏟아지는 새벽엔
시간이 멈춘 줄 알았다.
비처럼,
저 멀리 바다 위로 비가 내리듯 떨어지는 별들을
몇 날 밤 계속 보느라 밤에 잠을 이룰 수 없었다.
깊은 밤보다 새벽이 가까울 때
더 많은 이야기가 떠오르고 별처럼 빛나서.
지금도 불면증에 시달릴 때면
그런 밤하늘이 그리워 잠 못 드는 것이라면 이유가 될는지.
부러움을 살는지.

바오밥나무 열매

기름을 짜기도 하고
아이들이 가지고 놀기도 하는
군더더기 없이 열매 맺은 바오밥나무.
열매 겉껍질은 진한 밤색에 보송보송
벨벳의 질감을 떠올리게 하는
바오밥나무 열매.

아이들의 일상

바닷가에 사는 아이들은 학교 대신 바다로 나간다.
작은 소라 껍데기를 모아 액세서리 재료로 팔기도 하고
조개나 해삼을 얕은 물에서 잡기도 한다.
맨발로 아이들 있는 곳으로 따라 들어가 보았는데
부서진 조개껍데기 때문에 조심하지 않으면 쉬 긁히고 만다.
아이들의 발은 이미 어른들처럼 굳은살이 가득하다.
학교 가야 할 텐데 그럴 수 있는 환경이 아니다.
교육을 위해서는 도시로 나가거나 먼 거리 통학을 해야 하는데
고향을 떠나는 일이 쉽지 않아 하루하루 이렇게 살아간다.
그래도 티 없이 맑은 아이들이 대견하다.
언니가 동생의 손을 잡고 오빠를 따른다.
누구 하나 칭얼대거나 우는 아이가 없다.
일찌감치 철이 든 탓이리라.

레드썬!

최면에 걸린 것처럼 머릿속이 하얗다.
생각이 사라지는 순간을 경험한다.
이색적인 풍경에
"아!" 하고 탄성을 내뱉으며
그저 입을 다물지 못하고 빨려 들어간다.
그 기분은 말문을 턱 막지만
할 말도 잊게 하는 마술 같은 효과가 있다.

표정

어찌나 천진난만하던지.
몇 줄 엮여 있지도 않은데 멋지게 연주한다.
기타를 치며 노래하는 나는
플랫도 없고 조율도 되지 않는 이들의 악기를 가지고
노래해 보랄까 봐 겁부터 났는데.
아. 리듬감 하나는 끝내준다.
전기가 없어 이곳 사람들은 주로 타악기를 연주한다.
전통 악기 발리하는 특산품 파는 곳에 많고
젬베나 쉐이크 같은 악기도 사이즈별로 살 수 있었다.
흥이 있다.
음악 소리만 들리면 사람들이 모여 춤을 춘다.
노력과 실력과 경력을 더해도 즐김을 당해낼 수 없다.
남녀노소 할 것 없이 모두 춤꾼이고 소리꾼이다.
부럽다.
만능 엔터테이너가 여기 다 모였다.

199

버스

베조족을 만나러 가는 길.
톨리아리라는 마을까지 가야 한다.
버스를 이용해 가려는데 이미 만원이다.
짐칸이 따로 없어 버스 지붕 위에 올려놓는다.
버스 지붕을 가득 채운 짐들이 다채롭다.
장을 본 물건을 머리에 이고
몇 시간을 걸어 집으로 가는 사람들도 있고
마차를 이용해 흙먼지 다 뒤집어쓰며 가는 사람도 있다.
자전거나 오토바이를 타는 이들은 대도시 말고는 없는 듯하다.
주유소가 없으니 아마 주유하기 힘들어 그런 게 아닐까.
택시는 엄두도 못 내는 듯하다.
만원 버스 안 승객들은 모두 편안해 보인다.
그나마 자리에 앉은 사람들은 창 너머를 구경삼아 가겠지만
좌석 없이 쪼그리고 앉은 승객들은 얼마나 힘들까.
그래도 보기엔 근사하다.
영화의 한 장면처럼.

장례와 제사는 축제다

장례를 치르고 제사를 지내는 풍경이 축제 같았다.
음악이 있고, 노래가 있고, 춤을 추는 이도 많았다.
건조한 기후 탓에 매장하지 않고 굴이나 서늘한 곳에
조상들의 시신을 안치해 두는 듯했다.
부족마다 장례 형태나 내용은 조금씩 다르겠지만
'파마디아나' 라는 제삿날은 아주 먼 곳에서 오는 친척들과
함께 모여 인사를 나누고 조상님을 기리는 축제장 같았다.
워낙 교통수단이 열악하고 먼 곳에서 오는 친척들도 있기에
천막을 치고 먹을 것을 준비해 나누어 먹으며
일주일 이상 산 위에서 지낸다고 한다.
서로 잘 알아보지도 못하지만
이날만큼은 일 년에 한 번 어김없이 지키는데
조상님 시신 앞에 맑은 물을 두었다 집에 가져가 그 물에 기도한단다.
흰 천으로 감긴 시신을 손으로 만지며 기도하는 이들도 적지 않았다.
그러나 그 많은 사람 중에 눈물을 흘리는 가족들은 볼 수 없었다.
받아들이는 것이리라. 자연스럽게.
나고 죽는 일이 계절이 바뀌는 자연의 일부인 것처럼.
이렇게 웃으며 떠날 수 있고 떠나보낸다면
삶의 마지막이 그리 서글프지만은 않을 거라는 생각에 든다.
축제 같은 분위기,
눈물 대신 춤과 노래를 조상님에게 드리는 것은
보고픔과 그리움, 감사를 담은 기도가 아닐지.

어부들

이렇다 할 낚시 장비가 있는 것도 아니다.

창이나 그물로 고기를 잡는다.

축복받은 자연의 보고 마다가스카르.

기후와 물 부족으로 인한 어려움이 있지만

바닷가에 사는 부족들은 먹을 것 걱정은 없어 보인다.

그러나 좋은 것도 한두 번이지 매일 물고기만 먹을 수는 없는 노릇.

채소나 곡물이 더해져야 하는데

부실한 농업 환경의 어려움은 쉬 해결되기 어려울 것이다.

하늘이 주관하는 일이고 자연에 순응할 수밖에 없는 영역이니.

그래도 다행히 바다 자원은 풍족하다.

어종도 많고 물고기도 풍부하다.

전기가 없는 환경이기에 먹을 만큼만 어획해 익히거나 죽을 쑤어

온 가족이 또는 온 마을 사람들이 함께 식사하는 걸 보았다.

그렇게 자급자족하며 공동체 생활을 이어왔고 그대로 살아간다.

엄마 생각

어부들의 낚시가 끝나면
여인들은 집에서 먹을 것을 제외하고 이렇게 담아 시장을 향한다.
한눈에 보아도 싱싱한 생선들.
자판에 펼쳐 놓으면 파리도 꾫고 먼지도 덮어쓰겠지만
팔리는 데 그리 오랜 시간이 걸리진 않을 듯하다.
표정을 보아하니 그런 느낌이 든다.
울 엄마도 장에 가고 오실 때 이렇게 보따리를 머리에 이셨는데.
손으로 붙잡지 않아도 균형을 잡고
비포장 먼 길을 걸어오시는 엄마의 그 모습이
그저 신기하기만 했지.

마다가스카르의 여인들

한낮에는 일하는 사람이 별로 없다.
가게 문을 닫는 곳도 많고 다들 휴식을 취한다.
너무 뜨거운 태양 아래 손님이 없기도 하지만
냉방 시설이 있을 리 없는 매장도 더위를 참을 수 없는 환경이다.
그늘에 모인 여인들은 피부 관리에 한창이다.
처음에는 길에서 얼굴에 노란 칠을 한 여인들을 만나면
깜짝 놀라기도 했다.
뭔가 물었더니 자외선 차단 및 피부 관리라고 한다.
나뭇가지를 돌에 갈아 그 가루를 물에 개어 바른다.
미인들일수록 더 좋아하는 자연팩!
한낮에 자주 만나게 되는
여인들이 피부 관리하는 모습.

아이들의 놀이터

우뚝 솟은 바오밥나무 사이를 뛰어다니며 논다.
나무는 더디 자라지만 아이들은 금세 어른이 된다.
몇 세대를 순환하며 살아가는 모습들을
어쩌면 나무는 나이테 하나하나에 새기고 있는지 모르겠다.
형태는 없지만 수많은 것을 기억하고 추억하는 것처럼.
맑은 물이 아니어도 어때.
정신없이 헤엄치며 풍경과 하나가 되어 버린 아이들.
이런 일상을 부러워하며 추억을 더듬고 있는 나.
시간도 멈춘 듯 한가로운 오후.
천국이다.
아이들의 웃음소리가.

맨발의 아이들

여행객을 보더니 신이 났다.
아이스크림 파는 아이도 맨발로 수레를 밀며 우리에게 달려왔고
그 뒤를 이어 형제가 롤러스케이트를 한발씩 나누어 신고 신나게 쫓아온다.
웃겨 죽겠다는 저 뒤 마을 사람들도
우리에게서 시선을 떼지 못한다.
가끔 아이들은 내 밝은 피부에 손을 대기도 한다.
신기한 모양이다.
찰랑거리는 머리카락도 부러운 모양이고.
한번 만져 보라고 웃으며 머리카락을 내민다.
헤헤.
좋다.
내 머리를 쓰다듬는 느낌이.

나무도 사람들을 위해

그늘이 필요한 곳에
사람들을 위해
나무는 이렇게 자라나는 걸까.
키 작은 나무 아래
작은 그늘이 참 아늑하다.
역시 자연이고 그 속에 안긴 건 사람이라는 결론에 이른다.
사막 같은 이곳에서 모래바람을 맞으며
뿌리를 내린 나무에게 말을 걸고 싶어진다.
고맙다고
신기하다고.

태양이 싫어

숨을 곳이 없다.
뜨거운 한낮, 집안에 들어가 있는 것 말고는
그늘이 없다.
시선에 닿는 울타리며 가시 돋은 선인장이
집을 떠나 멀리 와 있음을 실감하게 한다.
야외 조형물 같다는 생각도 잠시,
삶은 참 이렇게 단순한데
나는 왜 그렇게 복작거리며 살아왔을까.
아.
저 모래사막 넘어 바다가 있지만
지금은 너무 따가운 햇볕.

상상 속의 소녀

티 없이 맑은 천사의 미소일까.
그 미소를 본 적은 없지만
어쩌면 이 아이의 얼굴을 하고 있을 것만 같다.
구름을 머리에 이고 가는 아이.
동화 속에서 막 튀어나온 듯한 모습
눈을 뗄 수 없었던 순간.

다양한 바오밥나무

바오밥나무의 종류는 다양하다.
쭉쭉 뻗어 하늘에 닿을 것 같은 모양도 있고
항아리 같은 모양도 있다.
묘목을 보았을 땐 이렇게 크게 자랄 거라고 상상조차 할 수 없었는데.
수백 년 나이에 걸맞게 단단해지고 굵어진다.
바오밥나무의 수명을 잴 수 있는 건
오직 자연뿐이다.
위대한 자연.

한쪽 눈을 감는 일

마음을 담는 일
마음을 전하는 일
그대에게 한쪽 눈을 감는 일
참 기분 좋은 순간

친근감

낯설지만
반갑고
신기하고
기분 좋은 관심과 시선
호기심의 손길도 즐거운 만남

이쁜 척은 좀 해도 되는 것

이쁜 척을 좀 하면
사진이 이쁘게 나오잖아요.
그러니 좀 예쁜 척해도 돼요.
잘난 척
부자인 척
착한 척
괜찮은 척
친한 척
뭐, 그런 거보다 이쁜 척이 낫잖아요.
나처럼 해 봐요.
이렇게.

내가 나인 것처럼 살아가기

돌아보니
내가 아닌 듯 살려고 애쓴 흔적이 많다.
삶의 중간에
내가 왜 그랬을까 하고 반문해 보지만
모르겠다.
내가 왜 그랬는지.
내가 나인 것처럼 살아가는 것은 참 쉬운 일 같지만
그렇지 않다.
꽤 많은 시간 속에서 나는 내가 아니다.
그걸 알게 되었다.
마다가스카르 여행 중에.

석양이 일 때마다

저녁이 되고 석양이 일 때마다
떠나게 되는 마다가스카르.
타나의 불타는 붉은 노을에 비할 수는 없지만
저 붉어지려는 하늘만 봐도 그리워지는 마다가스카르.
어둡기 전에 돌아와 앉은 빌딩 숲 서울 하늘 아래
외로움도 함께 내려앉은 내 작은 보금자리.

그림 같은 집

저 푸른 초원 위에
그림 같은 집을 짓고 살자는
노래가 있다.
딱 그런 집이다.
그림 같은 집!

동무

아이들은 하나같이
건강미가 넘치고
신난 표정들이다.
호기심 발동도 한몫했으리라.
카메라 앞에서 나름대로 멋진 포즈를 취한다.

동무는 역시,
어깨동무.

강을 따라

정확한 이름이 떠오르진 않는데
배를 타고 가야 했던 곳이 있었다.
사방이 트인 배였기에 가는 내내 시야가 좋았다.
물길 따라 펼쳐진 풍경을 구경하고 사진으로 담느라
뱃멀미는 온데간데없었다.
황톳빛 강물과 어우러진 강가는
아름다운 한 폭의 그림 같았다.
사진을 들여다보면
아직도 모터 돌아가는 소리가 나고 기름 냄새가 진동한다.
사진이 떠올리게 하는 증상들이다.

여인들의 낚시

고기가 잡힐지 의심스럽지만
간간이 마주하는 강가의 풍경이다.

여인들이 낚싯대를 드리우고 기다리는 모습은
세월을 낚는다는 그럴싸한 해석을 벗어나
생계를 위한 자급자족의 수단이고
자연에서 먹거리를 구해 살아가는
자연스러운 삶의 방법으로 여겨진다.

탁한 흙탕물이라 속이 보일 리는 없고
그저 기다리는 손길에
큼지막한 민물고기 한 마리 잡혀 배곯지 않았으면 하는 마음이다.
강가나 바닷가 근처의 원주민들은
그래도 배고픔으로 어려움을 겪지는 않는 듯 보였다.
도시의 가난한 아이들의 허기가 눈에 띌 때마다
안타까움이 더해져 그렇지.
그렇게 살아가는 삶의 모습에서
풍요가 넘치는 내 일상의 사치가 부끄러워진다.
그렇게 많은 생각이 돌고 돈다.

흔한 풍경

길가에 흐드러진 망고나무.
주렁주렁 달린 망고를
아직 노란 빛으로 익지 않았는데도
따서 깎아 먹었다.
맛이 들기 전이라
한국에서 비싼 값 치르고 맛보던 그 맛은 아니었지만
아삭하니 고단한 허기를 가시게 해 주었다.

눈길 닿는 곳

눈길이 닿는 곳
거기에 늘 꽃이 있다.
창밖이나 길가
걸음을 멈추게 하는 순간에는 늘 향기가 났다.
벌들이 춤을 추었고
따뜻했다.
기억도 그리움도
화사한 눈길에 머물렀던 순간들.

저녁

그리움이 일면 저녁이다.
해가 넘어가려 하면 몸속 세포들이 기억을 깨운다.
나의 발을 디딘 곳과 정반대 쪽에서 지는 석양에
길게 드리워질 바오밥나무 그림자.
시곗바늘처럼 석양에 달빛에 방향을 바꿀 반영에도
내 그리움이 닿는다.
저녁마다 앓는 상사병.
백신이라면 다시 날아가 그곳의 노을을 만나는 것뿐이리라.
내내 시름에 잠긴 하루하루가 쌓여가는 요즘
여행 후유증.

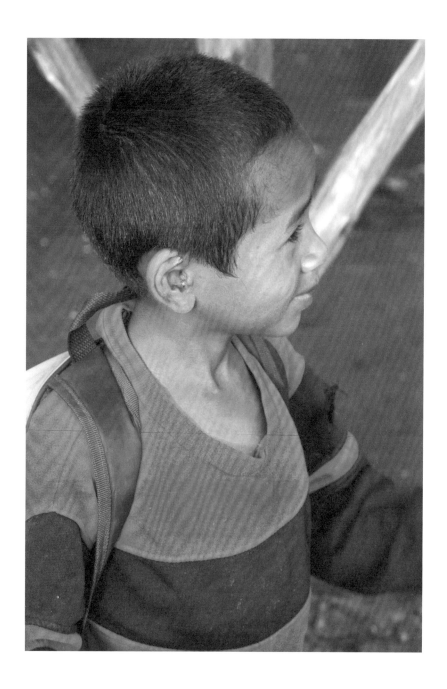

여행은 내가 나에게 주는 가장 큰 선물
겹겹이 쌓인 허물 같은 껍질을 하나씩 벗겨내는 시간
그리고 내 안에 스며드는 해방감, 가벼움, 개운함.
마다가스카르에 닿은 내 몸과 마음이 만끽한 자유를
들려주고 싶고 보여 주고 싶은 마음에 기인한 고백들이다.
15년 그리고 두어 달.
짧지만 긴 여운과 추억으로 남은 시간이
정체된 나의 일상에 다시금 떠올라 동행하려 하는 2020년.
눈을 감고 기억이 이끄는 대로 나서 보는
거기 아프리카 동남쪽 신비한 섬나라 마다가스카르 여행.
바오밥나무가 우뚝 서 나를 반가며
내 지친 날들을 위로한다.
관심은 어디에나 있다.
끌림으로 나섰던 그곳으로 다시 날아가고 싶다.
사랑하는 사람들과 행복한 동행이길 바라며.

- 2020년 10월 박강수

나의 노래는 그대에게 가는 길입니다

싱어송라이터 박강수 from Madagascar

초판 1쇄 발행 2008년 1월 19일
개정증보판 1쇄 발행 2020년 12월 25일

지은이   박강수
펴낸이   오은지
펴낸곳   도서출판 한티재   등록 2010년 4월 12일 제2010-000010호
주소   42087 대구시 수성구 달구벌대로 492길 15
전화   053-743-8368 팩스 053-743-8367
전자우편   hantibooks@gmail.com 블로그 www.hantibooks.com
한티재 온라인 책창고 hantijae-bookstore.com